CHARLES DIGUET

RIMES

DE

PRINTEMPS

AVEC

UNE LETTRE DE M. A. DE LAMARTINE A L'AUTEUR

PARIS

POULET-MALASSIS ET DE BROISE

LIBRAIRES-ÉDITEURS

97, rue Richelieu et passage Mirès, 36.

1861

Tous droits réservés.

RIMES

DE

PRINTEMPS

Alençon. — Typ. de Poulet-Malassis et De Broise

CHARLES DIGUET

—

RIMES

DE

PRINTEMPS

AVEC

UNE LETTRE DE M. A. DE LAMARTINE A L'AUTEUR

PARIS
POULET-MALASSIS ET DE BROISE
LIBRAIRES-ÉDITEURS

97, rue Richelieu et passage Mirès, 36.

—

1861

A

MONSIEUR A. DE LAMARTINE

HOMMAGE

CHARLES DIGUET

PRÉFACE

—

Il est certaines œuvres qu'on ne livre à la publi-
cité qu'en tremblant, tant elles sont, pour ainsi
dire, intimes, et touchent de près à leur auteur. On
craint pour elles le grand jour; on craint l'âpre
critique qui souvent y cherche ce qu'elle ne devrait
pas y chercher, et qui leur demande plus qu'elles
ne peuvent donner.

A peine ces esquisses crayonnées dans l'ombre
avec le laisser-aller qui plaît tant à l'artiste, ont-
elles vu la lumière, que déjà il les voudrait appen-
dues dans le réduit qui les a vu naître, comme ces
souvenirs de famille que semble déflorer un regard
étranger. Telle est la poésie. Qu'elle soit rêveuse
ou passionnée, elle est toujours timide et aime le
calme de la solitude. Rêveuse, c'est la jeune fille

chaste qui ne connaît encore que le baiser de son
père et qu'effraie le bruit du monde. Enthousiaste
et passionnée, elle redoute la raillerie, comme la
femme qui aime craint le rire amer d'un cœur sec
et froid. Aussi quelle n'est pas l'appréhension d'un
poète qui est sur le point de mettre à nu les aspi-
rations de son âme, les épanchements de son cœur!
Comment sera-t-elle reçue, cette forme matérielle
qu'il donne à sa pensée? Comment accueillera-t-on
ses sentiments eux-mêmes? car la poésie n'est pas
un écho, c'est l'âme tout entière!

En publiant ces *Rimes de Printemps,* ces poésies
de jeunesse, je raconte donc mes sentiments intimes; je dévoile un coin de mon âme, quand rêveuse et affectée elle se laisse aller à la contemplation soit de l'onde qui coule, soit de la ravenelle
qui décore un vieux pan de ruines; soit qu'encore
elle idéalise la forme pour s'en faire un dieu. Je
dévoile de secrets pensers qui parfois révèlent l'approche des larmes, mais que comprendront les
cœurs qui aiment à tourner quelques feuillets du
passé pour y chercher un souvenir. Toutefois, c'est
pour ces épanchements mêmes que je crains le pu-
blic. Peut-être voudra-t-on voir dans ce volume une
prétention d'auteur, et les défauts qu'on y trou-
vera rendront la critique d'autant plus amère. Qu'il
me soit cependant permis de dire que j'ai écrit ces
pages simplement et sans aucun but arrêté. — Ces
poésies ont été composées à différentes époques.

Les unes ont été inspirées par l'enthousiasme pour un grand nom, les autres par le cœur; d'autres par la vue d'une simple fleur; d'autres enfin sont les filles d'une capricieuse imagination.

Réduites à un petit nombre à cette heure, elles furent nombreuses à une époque; car il est une phase dans la vie où le cœur renferme tout un monde de poésie! Les uns concentrent leurs pensées, les autres les expriment; c'est ce que j'ai fait. Mais plus approchait le moment où j'allais les laisser lire, plus je sentais leur stérile abondance. J'ai coupé bien des branches à l'arbre tourmenté par la sève, et ne lui ai laissé que quelques rameaux; j'ai arraché bien des feuilles à la corolle, et celles qui restent, je les livre aux vents.

Quelques-unes de ces poésies ont déjà été imprimées, et l'une d'elles, les *Ruines*, m'a attiré le premier encouragement du grand poète à qui je dédie cet essai. C'est à dater de cette poésie que j'ai adopté le genre élégiaque. Je m'étais précédemment livré à quelques ébauches dans d'autres genres; j'avais rimé une tragédie intitulée *Catesby*, car j'ai toujours pensé que ce drame de la Conjuration des Poudres pouvait avec avantage être mis en scène. J'avais aussi tenté quelques traductions de Shakspeare et d'Horace; mais mon esprit se jetait toujours avec un nouveau charme dans le vague de la contemplation. Plus tard, il est vrai, je traitai l'héroï-comique. J'écrivis les *Tuit-Tuit*, poème

semi-badin en trois chants. Cette pièce a été impri-
mée ; on y a trouvé quelque enjouement. Toutefois,
je la distrais de ce recueil vu qu'elle forme un tout
très-distinct, et ce serait à mes yeux, allier une
partition bouffonne avec des mélodies.

Puissent ces quelques figures ébauchées n'être
pas entièrement déjetées ; puissent-elles, malgré
leur pâleur, offrir quelque intérêt ! Un nom bien
grand semble les protéger de son ombre ; l'auteur
de tant de chefs-d'œuvre a bien voulu en accepter
l'hommage. Qu'elles volent donc vers lui, qu'elles
en soient accueillies, et alors, elles auront quelque
parfum pour le poète qui les a créées !

CHARLES DIGUET.

Paris, 3 juin 1861.

Monsieur,

Pouvez-vous douter que je n'accepte comme un honneur la dédicace que vous voulez bien m'offrir comme un hommage? Puissent vos beaux vers avoir meilleure fortune que les miens et vous donner en gloire tout ce qu'ils enlèvent trop souvent en bonheur.

A. DE LAMARTINE.

Saint-Point, 31 juillet 1860.

A M. A. DE LAMARTINE

Si je pouvais, Poète, emprunter à ta lyre,
Et ses tendres accords et ce souffle divin
Qui, sortant de ton âme, et l'agite et l'inspire,
Si je pouvais, Poète, atteindre de la main
   Ce luth harmonieux
   Qui, tour à tour soupire,
   Puis monte vers les cieux;

Si je pouvais, Poète, effleurer de mon aile
Cette harpe sublime aux sublimes accents
Qui, pendant le repos, vibre encore à l'oreille
Comme un orgue superbe aux sons retentissants,
   Allume dans le cœur
   Cette flamme éternelle
   Qu'on traduit par bonheur;

Je te dirais combien de torrents d'harmonie
Débordent dans mon âme et la font tressaillir,
Lorsque je lis tes vers, ô Poète, ô génie!
Je te peindrais mon cœur que viennent assaillir
    Comme un rayon de foi
    La grandeur infinie
    De tes pensers de roi !

Car ta harpe n'est point un vain son qui résonne,
Un vain timbre d'airain que frappe le marteau,
Et qui quelques instants à l'oreille bourdonne.
Ta voix n'est pas non plus le vain bruit d'un roseau
    Qui, le soir et matin,
    Et s'agite et frissonne,
    Puis s'arrête soudain.

Ta voix, ô Lamartine, est la voix inconnue
Qui vient troubler la vierge et murmure en son cœur
Quand la première fois elle se sent émue,
En respirant la brise, en cueillant une fleur,
    Quand enfin vient le jour,
    Où son être remue
    Sous un souffle d'amour.

Ta voix, ô Lamartine, est cette voix profonde
Qui fait verser des pleurs, qui fait rêver au ciel ;
Cette voix, en un mot, qui nous révèle un monde,
En faisant tressaillir tout notre être mortel ;
    O Poète, ton chant
    Est comme un bruit de l'onde
    Que verse l'Océan !

Enfant, j'aimai tes vers et leur rhythme sonore,
Et Jocelyn souvent fut mouillé de mes pleurs ;
Mes vingt ans sont venus, je les lis plus encore,
J'y trouve ces élans que comprennent les cœurs,

    Et ton livre divin
    En mon cœur fait éclore
    Tous les germes du bien !

Tes beaux vers sont pour moi la voix de l'espérance :
Je les lis recueilli dans l'ombre de la nuit.
Sur le bord de la mer, je me porte en silence,
Et là, seul avec toi, je n'entends que le bruit

    Que vient faire le flot
    Qui murmure Laurence
    Et s'enfuit aussitôt.

O chantre d'Ischia, plus grand que Byron même,
Puissent ces faibles vers que j'effeuille en tremblant,
Etre comme l'oiseau qui, dans un jour suprême,
Vient chercher un abri pour son vol chancelant.

    On accueille l'oiseau
    Poète, fais de même,
    Je suis un passereau !

LES RUINES

—

Pourquoi m'es-tu si chère, ô colonne brisée?
Pourquoi t'aimai-je tant, ô reste de grandeur?
Quel plaisir tu me fais, tourelle renversée!
Pourquoi donc vous chérir, monuments du malheur?

Pourquoi donc préférer le lierre qui vous couvre,
La mousse qui vous ronge et vos murs crevassés,
Au marbre des palais, aux sculptures du Louvre,
A ses plafonds fleuris, à ses lambris dorés?

Pourquoi donc si souvent m'arrêter sous vos ombres,
Châteaux qui n'êtes plus? Et vous, restes poudreux
De temples si vantés, pourquoi, tristes et sombres,
Quand je vous aperçois me rendez-vous heureux?

2

Ah! c'est qu'en vous voyant, colonnes magnifiques,
Chapiteaux renversés et que heurtent mes pas,
D'un temple qui n'est plus inutiles portiques!
Je sens bien qu'avec vous tout finit ici-bas.

Ah! c'est qu'en vous voyant, ô restes de tourelles
Qui semblez protéger les cendres d'un château,
J'entrevois le néant que laissent après elles
Les choses qu'un seul jour fait descendre au tombeau.

J'aime à voir sur vos murs les tristes araignées
Tisser leur fine toile, image de nos jours,
Se souciant fort peu du nombre des années
Que dut employer l'homme à bâtir ces séjours.

J'aime à voir le lézard sortant de sous sa pierre
Poser son corps glacé sur le marbre mousseux,
Aspirer l'air du ciel, briller sous sa lumière
Et réchauffer son sang sur des débris poudreux.

Que j'aime à contempler sur la pierre noircie,
Entre la mousse et l'herbe, une chétive fleur
Qui, paraissant surgir comme un rayon de vie,
Ravive pour un jour ces restes du malheur!

O plante de ruine! ô toi fleur qui console!
Vous êtes à mes yeux sur la tour du château
Ce qu'est un tendre ami qui pleure et se désole
Sans désirer quitter les abords d'un tombeau.

En tous lieux où je vais, je te trouve, ô Ruine !
Tout pays n'a-t-il pas son triste souvenir ?
Ne voit-on pas souvent que le cèdre s'incline,
Que la fleur se flétrit et finit par mourir ?

Tout finit sur la terre et nous laisse une cendre ;
Les donjons sont rasés et l'homme a son couchant.
La tourelle s'écroule et semble nous apprendre
Que le soleil ne luit que pendant un instant.

A L'ENFANT D'UN RÊVE

●
—

Je voudrais, ô mon Ange !
Être pour un instant
La vague dont la frange
Baise tes pieds d'enfant ;
Je voudrais être brise
Pour folâtrer joyeux
Dans la boucle qui frise
Autour de tes cheveux.

Bienheureuse la rose
Que tu prends le matin,
Et qui le jour repose
Dans le creux de ton sein ;
Donne-la moi fanée,
Mieux elle me plaira

Quand ta peau satinée
Tiède me la rendra.

Que ne puis-je te prendre,
La perle que le jour
A ton cou je vois pendre !
Quand un rêve d'amour
La nuit de sa blanche aile
Fait frissonner ton cœur,
Elle est sur toi fidèle,
Moite de ta moiteur !

Je te vois dans mes songes
Et mon œil indiscret
— Mais ce sont des mensonges,
Se transporte en secret
Dans ta vierge retraite,
Te découvre à demi,
Voit ton âme distraite
Et te couve endormi.

Mais, ô rêve ! ô folie !
Je t'adore et jamais
Encore de ma vie
Ne t'ai dit que t'aimais ;
Je te vois bien souvent
Et ne suis à ta vue
Que ce qu'est un passant,
O ma belle inconnue !

Chaque jour que Dieu donne
T'apporte du bonheur,
Et ta lèvre fredonne
Comme sur une fleur
Ferait l'heureuse abeille :
Chante, chante toujours,
Sur ta lèvre vermeille
Voltigent les amours !

—

LE CONVOI DE MOÏNA

Par un jour de printemps, quelques pâles lumières
Eclairaient du lieu saint les gothiques arceaux.
Au milieu de la nef, attendant les prières,
Se trouvait un cercueil entouré de flambeaux.

Dans le parvis du temple, on entendait le prêtre
Qui, tourné vers l'autel, de la bouche priait,
Puis non loin du cercueil, l'on voyait un seul être
Qui la tête en ses mains sur les dalles pleurait.

Tel était le convoi de cette pauvre fille
Qui n'avait de ses jours effeuillé qu'une fleur,
Qui n'avait jamais eu qu'un seul cœur pour famille
Et dont les yeux d'enfant rêvaient tant de bonheur.

Aux coupes du bonheur une lèvre timide
A peine.avait touché, que la mort vint transir
De son souffle glacé sa bouche encore humide,
Et d'un dernier frisson au cœur vint la saisir.

Une faute au tombeau vient la faire descendre,
Pauvre fille, elle meurt pour avoir trop aimé !
Et pas une compagne à l'endroit de sa cendre
Ne jetera la fleur d'un lys blanc parfumé !

Mais voilà le cercueil qui sort déjà du temple.
Pendant le court trajet, un seul être le suit;
La foule indifférente en passant le contemple
Et d'un regard au loin, sans regret le conduit.

Une mère à sa fille, en lui montrant la bière,
A l'enfant qui n'est plus, reproche son amour ;
Un regard de dédain remplace la prière
Que réclame le cœur qui n'a vécu qu'un jour !

Pour la faute du pauvre il n'est pas d'indulgence,
Les préjugés, l'orgueil trouvent tous des échos ;
Cette femme a failli... sa beauté, son enfance
N'ont point grâces encor dans le champ du repos.

Le Christ lui seul pardonne. A l'endroit de la terre
Qui confond des humains l'audacieux orgueil,
Une aubépine en fleur vint comme une prière
De tout un voile blanc inonder le cercueil !

15 décembre 1860.

LA DERNIÈRE FEUILLE VERTE

—

A PROPOS D'UNE FEUILLE VERTE QU'EN UN JOUR D'HIVER,
J'APERÇUS DANS UN FOYER OU BRULAIT DU BOIS SEC.

Peu d'instants sont passés, et j'ornais une branche
Qui maintenant sans moi vers la terre se penche !
Le souffle des autans soudain vient m'arracher
Et déjà me voici descendue au bûcher.
Peu d'instants sont passés, et montrant ma verdure
Au sein des bois séchés par la froide nature,
J'égayais de l'automne un jour triste et brumeux
Et d'un pâle soleil je reflétais les feux.
Les feuilles des forêts couvraient partout la terre
Et le givre à plusieurs formait comme une bière,
Et de son blanc linceul, comme en un jour de mort,
Attristait la nature aux jours qu'elle s'endort.

Même sort avec vous maintenant je partage.
Seule je survivais à tout un vert feuillage,
Je devais comme vous fléchir sous les frimas,
Et de moi le passant ne se souviendra pas.

Vous qu'enivre la gloire et sa douce auréole,
Et vous, fleurs des beaux jours à la blanche corolle,
O filles, qui rêvez un printemps éternel,
Qui jamais ne songez au déclin solennel
Qui chaque jour attend les choses de ce monde ;
Regardez les forêts qu'en hiver on émonde :
Bien des branches encor eussent produit des fleurs ;
Serait venu le temps où contre les chaleurs
Elles eussent offert une ombre salutaire.
A tout ne faut-il pas quelque jour un suaire !
Vos sœurs ont de leurs jours déjà vu le déclin,
Et comme elles aussi, je subis mon destin !

LE MUGUET

A M. LE COMTE DE VILLAFRANCA

—

> Vorrei frutti e non fiori.
> IL TASSO.

L'un préfère la rose aux brillantes couleurs,
Un autre à la jonquille a donné ses faveurs,
Un autre admire enfin la blanche giroflée,
Le superbe oranger, l'élégante azalée.
Mais par moi le muguet est préféré cent fois
Aux roses qu'une belle effeuille dans ses doigts.
Et sa fleur et sa feuille, et le lieu solitaire
Où pâle et sans attraits il s'élève de terre,
Sont des charmes secrets qui me le font chérir.
Comme un flocon neigeux sa fleur semble surgir,
Sur un épais feuillage étalant sa corolle

Elle livre aux zéphirs son parfum qui s'envole
Et s'en va sur la brise enivrer tous nos sens,
Y porter la langueur qui plaît tant aux amants.
Gentil muguet des bois, je chéris ta parure,
J'aime ta blanche fleur et ta pâle verdure.
On dirait à te voir sous tes épais rameaux
Une aimable baigneuse au milieu des roseaux !

LE CHATEAU D'ARQUES

—

Il m'en souvient encor, c'était un jour d'automne ;
Seul avec un ami je suivais les sentiers
Qui mènent aux donjons que le lierre couronne
Et près desquels Henri cueillit tant de lauriers.

A l'aspect de ces champs sillonnés par la gloire,
De ces champs illustrés par le nom d'un Bourbon,
Par ce nom qui s'écrit avec le mot victoire,
Ce nom qui..... mais alors on respectait ce nom...

A l'aspect de ces tours par le temps crevassées,
De ces tours où jadis flotta le drapeau blanc,
Nous marchions en silence, et nos tristes pensées
Pour ces vieux souvenirs étaient comme un long chant.

Notre âme était joyeuse en voyant ces murailles,
Demeures de géants, s'élever fièrement
Comme le blanc panache au milieu des batailles;
Mais notre cœur, hélas! soupirait tristement!

Que sont-ils devenus ces héros de la France?
Nul son ne répondit au cri de notre cœur;
Des pierres en croulant troublèrent le silence.
Le donjon n'était plus qu'une ombre sans lueur;

Mais l'ombre de ces murs majestueux encore,
Sous leur mousse et leur herbe, étonne le passant,
Et sous le poids du temps qui l'écrase et dévore
Au milieu des débris paraît comme un géant.

Je heurtais ces débris recouverts de broussailles,
Qui comme un rire amer des destins et du sort,
Remplacent aujourd'hui le bronze des batailles,
Qui de ces mêmes lieux jadis portait la mort.

Quand sur un pan de mur enchâssé dans le lierre
J'aperçus un emblème épargné par les ans :
Un lys était sculpté dans le flanc de la pierre,
Comme un sublime exergue à ces antiques temps !

6 décembre 1860.

LES SOUVENIRS

A MA MÈRE

« Au champ des souvenirs nous aimons à glaner. »

Au sortir du berceau, dès l'aube de la vie,
Nos désirs et nos vœux sont tous pour l'avenir ;
Sur le soir, au contraire, et lorsqu'elle est remplie,
Nous allons au passé cueillir un souvenir.

Alors qu'autour de nous la feuille tombe à terre,
Alors que sur nos pas s'accumulent les ans,
Nous aimons à jeter un regard en arrière,
Car l'Automne est toujours précédé du Printemps.

Tandis que sous nos yeux l'enfant vit d'espérance,
Nous levons en secret le voile du passé
Pour rechercher encor dans notre propre enfance
Des rêves qui jadis longtemps nous ont bercé.

5

Nous caressons leur ombre après longues années
Comme l'enfant folâtre après un papillon
Que ses ailes d'azur aux airs abandonnées
Font briller un instant sur un bel horizon !

Semblables aux rayons qui sortent d'un nuage
Et s'en viennent l'hiver redorer nos hameaux,
Vous venez, souvenirs, au déclin de notre âge
Adoucir nos vieux jours et les rendre plus beaux.

Vous venez refléter les rayons de l'aurore
Alors que le soleil jette ses derniers feux,
Sur la fleur qui pâlit et puis se décolore
Quand la nuit à pas lents voile le bleu des cieux.

Amis de nos vieux jours, le vieillard vous retrouve
Pour adoucir des ans l'implacable rigueur;
Vous venez au moment où le chagrin l'éprouve
Rappeler d'autrefois des heures de bonheur.

Quand une fois une âme a senti la souffrance,
Quand de malheurs nombreux s'en va poindre le jour,
Quand le cœur tout à coup est privé d'espérance,
Vers le temps qui n'est plus il lui faut un retour.

Semblable au pélerin qui laisse sa chaumière
Et cherche à voir encor du sommet d'un coteau
Le clocher du lieu saint, la croix du cimetière,
Le cyprès qui l'ombrage et son humble hameau,

L'homme veut un passé pour retremper son âme;
Quelquefois il lui faut chercher un souvenir
Qui, réchauffant son cœur de sa puissante flamme,
Vienne de ses clartés éclairer l'avenir.

Les souvenirs parfois font couler quelques larmes;
Au cœur encor malade ils causent des douleurs;
Mais à les évoquer nous trouvons tous des charmes,
Et pour vivre avec eux nous consentons aux pleurs.

Sur la grève étrangère et loin de sa patrie,
L'exilé ne fuit pas les pensers douloureux
Que suggère à son âme une image chérie;
Bien souvent, au contraire, il la trace à ses yeux.

Comme un pauvre captif qui dans sa servitude
Converse avec les fleurs, s'adresse aux arbrisseaux,
Il veut de souvenirs peupler sa solitude;
Il trouve dans leur voix un remède à ses maux.

Tout prête au souvenir, et l'étoile qui file,
Et le nuage errant sous la voûte des cieux,
Et les cris répétés de la mouette agile
Qui se plaît à voler sur les flots écumeux.

Quand nous portons nos pas dans un lieu solitaire,
Nous recueillons nos sens lorsque vibre la voix
De la cloche du soir, au parler salutaire,
Et qui rappelle encor des instants d'autrefois.

Sur la réalité parfois la souvenance
L'emporte dans nos cœurs; elle offre ses tableaux
A travers une gaze, et notre préférence
Pour le vague et les sons fait aimer ses pinceaux.

Quelquefois on voit luire un beau jour à l'automne;
Mais il passe bientôt, car alors les forêts,
Où murmurent les vents, effeuillent leur couronne;
Vous seuls, ô souvenirs! vous ne fuyez jamais.

Emblème du passé, délicate pervenche,
Et vous, petite fleur aux gracieux contours,
Dont la tige humblement vers la terre se penche,
Je veux à mes côtés vous conserver toujours.

Par la main d'un ami sur ma tombe posée,
Quelque jour vous viendrez à retarder ses pas,
Lorsque du sein de l'herbe humide de rosée,
Vous lui direz ces mots : Ah! ne m'oubliez pas!

A celui qui n'est plus et qui dort sous la terre,
Alors il donnera quelque doux souvenir;
Et pensant aux douceurs d'une amitié sincère,
Dans les jours écoulés il verra l'avenir.

—

L'HÉLIOTROPE

—

Je n'ai point de l'œillet l'éclatante couleur
Et des lys du vallon je n'ai point la blancheur.
Rarement sur mon front le papillon voltige ;
Courbé le plus souvent sur ma fragile tige,
Je demande au rosier l'ombre de son rameau,
J'envie au nénuphar sa fraîcheur et son eau.
Bien souvent mon parfum séduisant une belle,
M'a fait dans son boudoir trouver place auprès d'elle.
A me voir, l'on me prend pour une fleur des bois,
Cependant mon odeur me trahit quelquefois :
Dans le cœur d'un bouquet lorsque l'on m'enveloppe,
Elle redit à tous : Je suis l'héliotrope.

—

LES RÊVES

—

Such is life.

Quand voguant sur un fleuve et descendant son onde
Le matin d'un beau jour, le soleil pas encor
De ses brûlants rayons n'embrase notre monde
Et laisse dans les eaux son brillant disque d'or,

A peine peut-on voir la rive solitaire
Que dérobe à nos yeux le brouillard du matin ;
Notre regard confond et les eaux et la terre
Tant qu'enfin il se perd dans un brumeux lointain.

Mais notre esprit alors, plus vif et plus rapide,
Vole et franchit l'espace esquissant maints tableaux
Que bientôt le soleil au regard trop avide
Montrera dévoilés et peut-être moins beaux.

Notre esprit rêve enfin, et cherche par avance
A découvrir un lieu jusqu'alors inconnu.
Nous peignons le rivage avec magnificence !
Ce rivage, peut-être, est triste, aride et nu.

Un chacun rêve aussi dans le cours de la vie,
Et devançant les temps, à travers l'avenir,
Souvent, pour son malheur, jette un regard d'envie
Et chasse du passé l'importun souvenir.

L'illusion pour tous a déployé son aile !
Pour tous elle a saisi son magique burin.
L'enfant et le vieillard se font bercer par elle ;
Ils aspirent tous deux au jour du lendemain.

Tout être sur la terre à son bien-aimé rêve.
Jeune encor je rêvais à mes jeux favoris.
La feuille qu'à l'automne un moindre vent enlève
M'entraînait après elle et soulevait mes ris.

S'écoulèrent les ans ! je rêvai les couronnes
Que la gloire aux héros prodigue chaque jour !
O Muse, je rêvai les lauriers que tu donnes !
Un peu plus tard enfin vint un rêve d'amour.

Chaque jour on s'endort au bruit d'un doux murmure :
L'un bâtit un palais, se voit prince et seigneur ;
Tel autre au combattant enviant son armure,
Affronte les périls, se croit déjà vainqueur.

Quand on berce son cœur d'une douce chimère
Un moucheron soudain dissipe le sommeil,
Fait envoler le rêve et rend la suite amère.
Heureux qui peut alors entrevoir le réveil !

ISAÏE

Comme on voit quelquefois, au milieu des orages,
Qui souvent font gémir les antres caverneux
De ces monts désolés, couronnés de nuages,
Un aigle au vol rapide effleurer en passant
      Leurs sommets sourcilleux
Ensuite se mirer dans les éclairs des cieux.

Au milieu du désert, tel paraît Isaïe,
Quand assis sur le mont où tonne Jehovah,
Aux peuples étonnés il prédit le Messie.
Les regards du prophète, aux flammes des éclairs,
      Empruntent leur éclat
Et sa terrible voix retentit dans les airs.

Lorsqu'au sein du néant, il sommeillait encore,
Le Seigneur le choisit pour dessiller les yeux

Des peuples endormis : attendant une aurore,
Les bruyantes cités qu'enveloppait la nuit
     D'un voile ténébreux,
Gisaient loin des rayons que le soleil produit.

Le prophète parut, et les cités entières
Sortirent d'un linceul, écoutèrent sa voix,
Et l'on vit à genoux ces peuplades altières ;
La Thébaïde alors leur ouvrit ses rochers
     Et vit remplir ses bois
Des enfants d'Israël expiant leurs péchés.

Si jamais le sculpteur ressentait dans son âme
Le désir de laisser aux siècles à venir
L'image du prophète, un jet de cette flamme
Qui ranimait la cendre et réchauffait les morts,
     S'aidant du souvenir,
Il irait de l'Horeb contempler les abords.

C'est là que son ciseau, s'inspirant de Dieu même,
Pour marbre choisirait le flanc noir d'un rocher,
Et des traits de celui qu'il redoute et qu'il aime
Ebaucherait la face, en ferait un géant
     Que n'oseraient toucher
Ni l'enfant du désert, ni l'altier conquérant.

Les siècles ont passé sur ce grand cèdre antique ;
Le temps a de sa main fait crouler les cités,
Encore cependant la tête prophétique
Du sublime Isaïe apparaît à nos yeux
     Brillante de clartés
Comme un rapide éclair qui sillonne les cieux.

A UNE JEUNE ÉTRANGÈRE

—

Belle enfant dont les yeux ont remué mon âme
Et porté dans mon cœur et le trouble et la flamme,
Dis-moi pourquoi souvent aux somptueuses fleurs
Qui couronnent le front des dames des seigneurs,
Je préfère cueillir le matin sur la terre
La primevère éclose en un lieu solitaire ?
Dis-moi, ma belle enfant, pourquoi, le soir, au bal,
Au milieu des parfums d'un joyeux festival,
Je sens mon cœur glacé quand la valse enivrante
Me fait presser sur moi la femme sémillante ?
Pourquoi je la conduis et quitte sans chagrin,
Et la revois sans trouble au jour du lendemain ?
Vierge, dis-moi pourquoi dans l'éxil on soupire ?
Pourquoi, loin du pays, souvent l'Arabe expire ?
Ecoute bien ton cœur, regarde dans mes yeux

Et tu diras alors : Chaque être sous les cieux
A dans son âme un feu, dans son cœur une fibre
Qui se détend soudain, se resserre et puis vibre ;
Un regard l'amollit, la brise sans retour ;
Ange, connais sa voix, c'est la voix de l'amour.
Ma belle, parle-moi son parler doux et tendre,
Ce parler qu'à notre âge un chacun fait entendre,
Et tu sauras pourquoi j'ai dédaigné la fleur
Qui s'étiole avant d'exhaler son odeur.
La primevère, enfant, reçoit la douce haleine
Du zéphir qui la nuit vient rafraîchir la plaine ;
Le passant, le matin, sur sa feuille peut voir
La rose diamant que la nuit fait pleuvoir.
Cette fleur, comme toi, s'offre pure à la vue
Et sa suave odeur au poète est connue ;
Les bois dans leurs sentiers la voient vivre et mourir,
Jamais baisers impurs ne viennent la ternir.
Reste pour moi toujours cette fleur bien-aimée,
Cette première fleur à l'haleine embaumée,
Cette fleur que recherche un Arabe au désert,
Qu'on demande à la neige en une nuit d'hiver.
Que sur ta lèvre pure aucun souffle ne vienne
Et que de moi toujours, bel ange, il te souvienne !

UN CHEVEU BLOND

Une aimable hirondelle
Effleurant de son aile
Les vieux murs d'un château,
Se vit prise au réseau.
Vouloir fuir fut folie,
Tête blonde et jolie
Promptement se fit voir.
Bientôt en son pouvoir
Une belle fillette
A saisi la pauvrette.
L'oiseau lève les yeux
Pour voir le bleu des cieux,
En réclamant pour elle
L'air qu'une main cruelle
Lui ravit sans merci.

— Pourquoi si près d'ici
T'aventurer, gentille?
Lui dit la jeune fille.
L'hirondelle tremblait,
Car la brise apportait
Le cri de sa couvée,
Qui loin d'être élevée,
Attendait son retour
Comme la fleur le jour !
La belle enfant si tendre,
Ces cris ne put entendre :
Captive dans les fers,
Elle vit dans les airs
La liberté complète
Que veut l'âme inquiète.
Elle embrasse l'oiseau
Et reprend son réseau.
En partant l'hirondelle
Embarrassa son aile
Parmi les longs cheveux
De la vierge aux yeux bleus.
Dans la tresse mêlée,
Elle prit sa volée
Vers son nid, emportant
Un cheveu de l'enfant.
La belle fut rêveuse,
Vit sa tresse soyeuse
Que le vent déroulait ;
Mais l'oiseau s'envolait,
C'était assez pour elle :
Elle eût voulu son aile,

Et dans le bleu des cieux
Elle plongeait ses yeux !
Son regard si limpide
Devenait presqu'humide ;
Son âme désirait
Et son cœur soupirait :
— Au revoir, hirondelle,
Reviens voir ma tourelle.
Elle attendit le soir,
Mais, hélas ! sans rien voir.
Vite vers sa couvée
Progné s'était sauvée.
Notre gentil oiseau
Logeait dans le hameau
Fort proche de la blonde.
Pour tout son petit monde
Elle avait fait bon choix.
Attenant aux parois
D'une vieille masure
Qui n'avait pour parure
Qu'un lierre toujours vert,
Son nid était couvert
Par une humble corniche.
Au-dessous de sa niche
Apparaissait souvent
Un rêveur de vingt ans.
Il aimait l'hirondelle,
Et pour voir de sa belle
Le regard si mutin,
Sa vitre le matin
S'ouvrait avant l'aurore ;

4

On le voyait encore
Se pencher vers le soir,
Afin de mieux la voir,
Lorsqu'après longue absence,
Par sa chère présence,
Elle augmentait les cris
De ses pauvres petits.

Le jour de la capture
Gusman, par aventure,
Epiait le moment
Où son oiseau charmant
Viendrait battre de l'aile
Auprès de la tourelle,
Apportant le butin
Trouvé dans son chemin.

Enfin la voyageuse
S'en vint toute joyeuse
S'accrocher à son nid.
Notre héros la vit :
Quelle fut sa surprise !
Quand il l'aperçut prise
Par un beau cheveu blond
Si soyeux et si long
Qu'il pendait après elle,
Flottait sur la tourelle
Comme on voit d'Arachné
Un fil abandonné.
Ce long cheveu de femme
Etait pour sa jeune âme
Le fil d'un beau roman.
A sa belle il le prend,

Mais que pourra lui dire
Le cheveu qu'il admire?
Comme l'esprit humain.
Va vite en son chemin!
Gusman se fait un monde,
Se dépeint une blonde
Aux yeux d'un bleu d'azur,
Une vierge au front pur,
Un idéal, un ange
De la dive phalange.
La nuit fut sans sommeil
Et le soleil vermeil
Trouva notre poète
En son âme inquiète
Qui cherchait le moyen
De voir son beau lutin
Dont la rêveuse image
Effleurait son visage ;
Lors, s'approchant du nid,
L'hirondelle il saisit :
A sa patte il dépose
Un joli ruban rose.
D'un coup d'aile l'oiseau
Fut loin de son berceau,
Et Gusman dans la nue
Bientôt la perd de vue.
Elle revint sous peu,
Ruban rose était bleu !
De son aile légère,
La belle messagère
S'envola de nouveau

Vers la tour du château ;
Mais Gusman vit la belle,
Sortit de la tourelle,
Près d'Eglé déposa
Un cheveu qu'il baisa.
Notre jeune récluse
Voulut user de ruse,
Lui donna le ruban
Et dit : — Quitte Gusman !
Celui-ci, pour réponse,
Par un soupir annonce
Qu'il veut le cheveu blond ;
Et l'enfant lui répond :
— Prends la tresse soyeuse
D'Eglé ton amoureuse !
Vers le printemps suivant,
Gusman vit un enfant
Qui retenait captives
Maintes Progné craintives.
Son Eglé, sur son sein,
S'appuyait en chemin ;
Il prend vite la cage,
A la gente volage
Il donne un libre essor
Jette une pièce d'or
Dans la prison qu'il vide.
La blonde, l'œil humide,
D'un baiser sur les yeux
Paya son amoureux.

LA MARGUERITE

Quand, au printemps, je recherche les bois
Pour respirer la brise parfumée,
Dans les sentiers, je trouve chaque fois
Ton humble fleur, ô marguerite aimée !

    Gentille marguerite,
    Sois pour mon cœur toujours
    La fleur trois fois bénite,
    Sois la fleur des amours ;
    O fleur que l'enfant cueille
    Et que la Vierge effeuille
    Je t'aimerai toujours.

En te voyant, je pense à mon enfance,
Je pense aux jours où mes mains te cueillaient,
Ces jours de paix, de joie et d'innocence,
Lorsque mes doigts sur un front t'effeuillaient.

Gentille marguerite,
Sois pour mon cœur toujours
La fleur trois fois bénite,
Sois la fleur des amours ;
O fleur que l'enfant cueille
Et que la vierge effeuille
Je t'aimerai toujours.

Viens, pauvre fleur, égayer ma mansarde,
Soir et matin je veillerai sur toi,
Si tu savais combien au cœur il tarde
De posséder celle en qui l'on a foi.

Gentille marguerite,
Sois pour mon cœur toujours
La fleur trois fois bénite,
Sois la fleur des amours ;
O fleur que l'enfant cueille
Et que la vierge effeuille,
Je t'aimerai toujours.

Fleur des enfants, fleur de la jeune fille,
Tu fus pour moi la fleur du souvenir,
Tu deviendras mon unique famille,
En toi je vois la fleur de l'avenir.

LE DENIER DE LA VEUVE

—

Cathédrales, donjons, chaque jour le touriste
Explore vos vieux murs; gothiques monuments
Par les temps outragés, le voyageur artiste
Retourne vos feuillets parchemins de mille ans.

Du midi jusqu'au nord il dirige sa course ;
Il veut voir les créneaux d'un antique castel,
D'un fleuve renommé remonter à la source,
Pour confier ensuite une esquisse au pastel.

Vous le verrez errer au sein des basiliques,
Admirer leur coupole et leur dôme imposant,
Contempler les arceaux de leurs vastes portiques,
Chercher dans une ogive un reste de roman.

Mais venez après lui pour visiter ces dalles
Qui tout à l'heure encor raisonnaient sous ses pas ;
Laissez ces chapiteaux aux volutes ovales,
Redescendez la nef, arrêtez-vous au bas :

Apparaît d'un côté la coquille limpide
Qui présente à vos doigts une eau pour vous bénir,
Sur le pilier voisin, voyez la pierre humide,
Et lisez quelque mots que l'eau semble ternir.

Le tronc du pauvre est là demandant une aumône !
Le touriste peut-être à compté les piliers
Que décorent en haut l'acanthe et l'anémone,
Son regard s'est porté jusque sur les derniers.

Et cependant il passe avec indifférence
Attentif seulement aux œuvres du sculpteur,
D'une arête élancée il a vu l'élégance
Et laissé dans l'oubli cet appel du malheur.

Le matin de ce jour, lorsque la nuit encore
Des teintes de son voile entourait la cité
Et retardait les feux que projète l'aurore,
Si, du moins, vers ce temple un instinct l'eût porté :

Il eût vu s'approcher du tronc de la misère
Une femme encor jeune et tenant un enfant :
Elle y mit une aumône, une aumône légère
Une épargne d'un jour, un seul denier pesant.

Le tronc se trouvait vide, et la modeste offrande
En tombant, du lieu saint vint troubler le repos;
Dans une pauvre main cette aumône fut grande
Et des fils de la veuve éloigna bien des maux.

O vous, qui chaque jour vous portez vers un temple,
Pour prier ou pour voir, songez à l'avenir,
Pensez au tronc qui s'offre et que l'ange contemple,
Mettez-y le denier qui vous fera bénir!

—

VINVELA

—

— Jamais plus n'entendrai le doux son de ta voix,
Ma blonde Vinvela ; jamais plus la bruyère
De ton beau pied d'enfant ne sentira le poids,
Et jamais plus, hélas! la brise messagère
Ne portera tes chants de colline en colline!
Désormais mon regard plongeant dans le lointain
Ne prendra plus pour toi l'ombre d'un jeune pin
Qui sur le flanc du mont sous la bise s'incline.

A quoi me serviront désormais mes chiens blancs?
Je n'irai plus d'un cerf abattre la ramure ;
Oisifs seront leurs pieds sur le bord des torrents.
Au milieu des combats a brillé mon armure,
Terrible fut mon glaive au sein de la mêlée.
Tes seins de neige alors étaient gonflés d'amour,

Et ton regard, le soir, épiait mon retour.
O douce Vinvela, ton âme est envolée ! »

Ainsi parla Salgar sur le bord du torrent.
Pâle était son visage, et parfois quelques larmes,
Que séchait aussitôt le souffle froid du vent,
Brûlaient ses traits brunis et tombaient sur ses armes,
Lorsque, dans le lointain, les fils de la bruyère
Aperçurent leur chef assis sur un rocher,
Et nul d'eux, cependant, ne voulait l'approcher,
Car l'amante chérie avait quitté la terre !

Toutefois un guerrier s'approche de Salgar :
Ses cheveux sont déjà blanchis par les années.
Olla, tel est le nom de ce noble vieillard.
La salle des festins déjà garde enchaînées (1)
Son armure et sa lance à ses bras trop pesantes ;
S'adressant au héros : — Vaillant fils des combats,
Trois bardes ont chanté le funeste trépas
De la vierge aux yeux bleus, la reine des amantes.

Mais ton cœur ne doit pas vivre dans la douleur.
A l'ombre du brouillard s'avancent en silence
Les guerriers du Strumon : parais dans ta valeur,
Et vaine devant toi deviendra leur puissance.
Le héros l'entendit ; mais son âme était sombre.
— Aucun barde, dit-il, ne dira désormais

---

(1) En Ecosse, les guerriers avaient coutume, lorsque l'âge les empê-
chait de combattre, de suspendre leurs armes dans la salle où on se réu-
nissait le jour des réjouissances.

Quels furent de Salgar la gloire et les hauts faits ;
Il est devenu faible, et son glaive est une ombre.

Vers l'automne suivant, un chasseur qui passait,
Poursuivant un chamois au milieu des bruyères,
S'approcha du torrent dont l'onde bruissait,
Et son pied vint heurter contre deux larges pierres
Qui déjà se cachaient sous un manteau de mousse.
Le vent dérangea l'herbe, et son regard put voir,
Salgar et Vinvela, deux noms tracés en noir !
Le pâtre arrache l'herbe, et toujours l'herbe pousse.

ELLE N'EST PLUS !

—

Une dernière fois,
Accorde-toi, ma lyre !
Mais au moins que ta voix
Soit la voix qui soupire ;
Tu chantas mon bonheur
Qu'en pleurant je rappelle.
Que ton chant de douleur
Soit encore pour elle !

En songe, cette nuit, elle m'est apparue ;
Sa douce voix m'a dit, à travers son linceul :
— Viens à moi, Lorenzo. — Puis soudain, je l'ai vue
Essuyer une larme et rentrer au cercueil.

Une dernière fois,
Accorde-toi, ma lyre !

Mais au moins que ta voix
Soit la voix qui soupire ;
Tu chantas mon bonheur
Qu'en pleurant je rappelle.
Que ton chant de douleur
Soit encore pour elle !

Autrefois je t'aimais, ô paisible nature !
Et des flots écumeux j'aimais le bruit confus ;
J'aimais aussi le chant du zéphir qui murmure.
Alors elle était là... mais elle ne vit plus !

Une dernière fois,
Accorde-toi, ma lyre !
Mais au moins que ta voix
Soit la voix qui soupire ;
Tu chantas mon bonheur
Qu'en pleurant je rappelle.
Que ton chant de douleur
Soit encore pour elle !

Il a fui, mon bonheur ! Adieu, rêves d'enfance !
Il ne me reste plus que le seul souvenir !
Ma Stella, je ne puis supporter ton absence:
Tu m'attends au tombeau... Lorenzo va venir !!

FIN

TABLE